HÉSIODE ÉDITIONS

BERNARDIN DE SAINT-PIERRE

Essai sur Jean-Jacques Rousseau

Hésiode éditions

© Hésiode éditions.

1 rue Honoré - 93500 Pantin.
ISBN 978-2-493135-72-8
Dépôt légal : Septembre 2022

Impression Books on Demand GmbH

In de Tarpen 42
22848 Norderstedt, Allemagne

Essai sur Jean-Jacques Rousseau

Au mois de juin de 1772, un ami m'ayant proposé de me mener chez J.-J. Rousseau, il me conduisit dans une maison rue Plâtrière, à-peu-près vis-à-vis l'hôtel de la Poste. Nous montâmes au quatrième étage. Nous frappâmes ; et madame Rousseau vint nous ouvrir la porte. Elle nous dit : « Entrez messieurs, vous allez trouver mon mari ». Nous traversâmes une fort petite antichambre, où des ustensiles de ménage étaient proprement arrangés ; de là nous entrâmes dans une chambre où J.-J. Rousseau était assis en redingote et en bonnet blanc, occupé à copier de la musique. Il se leva d'un air riant, nous présenta des chaises, et se remit à son travail, en se livrant toutefois à la conversation.

Il était maigre, et d'une taille moyenne. Une de ses épaules paraissait un peu plus élevée que l'autre, soit que ce fût l'effet d'un défaut naturel, ou de l'attitude qu'il prenait dans son travail, ou de l'âge qui l'avait voûté, car il avait alors soixante ans ; d'ailleurs, il était fort bien proportionné. Il avait le teint brun, quelques couleurs aux pommettes des joues, la bouche belle, le nez très-bien fait, le front rond et élevé, les yeux plein de feu. Les traits obliques qui tombent des narines vers les extrémités de la bouche, et qui caractérisent la physionomie, exprimaient dans la sienne une grande sensibilité, et quelque chose même de douloureux. On remarquait dans son visage trois ou quatre caractères de la mélancolie, par l'enfoncement des yeux et par l'affaissement des sourcils ; de la tristesse profonde par les rides du front ; une gaieté très-vive et même un peu caustique, par mille petits plis aux angles extérieurs des yeux, dont les orbites disparaissaient quand il riait. Toutes ces passions se peignaient successivement sur son visage, suivant que les sujets de la conversation affectaient son âme ; mais dans une situation calme, sa figure conservait une empreinte de toutes ces affections, et offrait à-la-fois, je ne sais quoi d'aimable, de fin, de touchant, de digne de pitié et de respect.

Près de lui était une épinette sur laquelle il essayait de temps en temps des airs. Deux petits lits, de cotonnade rayée de bleu et de blanc, comme la tenture de sa chambre, une commode, une table et quelques chaises faisaient tout son mobilier. Aux murs étaient attachés un plan de la forêt et du parc de Montmorency, où il avait demeuré, et une estampe du roi d'Angleterre, son ancien bienfaiteur. Sa femme était assise, occupée à coudre du linge ; un serin chantait dans sa cage suspendue au plafond ; des moineaux venaient manger du pain sur ses fenêtres ouvertes du côté de la rue, et sur celle de l'antichambre on voyait des caisses et des pots remplis de plantes telles qu'il plaît à la nature de les semer. Il y avait dans l'ensemble de son petit ménage un air de propreté, de paix et de simplicité, qui faisait plaisir.

Il me parla de mes voyages ; ensuite la conversation roula sur les nouvelles du temps, après quoi il nous lut une lettre manuscrite en réponse à M. le marquis de Mirabeau, qui l'avait interpellé dans une discussion politique. Il le suppliait de ne pas le rengager dans les tracasseries de la littérature. Je lui parlai de ses ouvrages, et je lui dis que ce que j'en aimais le plus, c'était le Devin du Village et le troisième volume d'Émile. Il me parut charmé de mon sentiment. C'est aussi, me dit-il, ce que j'aime le mieux avoir fait ; mes ennemis ont beau dire, ils ne feront jamais un Devin du Village. Il nous montra une collection de graines de toute espèce. Il les avait arrangées dans une multitude de petites boîtes. Je ne pus m'empêcher de lui dire que je n'avais vu personne qui eût ramassé une si grande quantité de graines, et qui eût si peu de terres. Cette idée le fit rire. Il nous reconduisit, lorsque nous prîmes congé de lui, jusques sur le bord de son escalier.

A quelques jours de là, il vint me rendre ma visite. Il était en perruque ronde bien poudrée et bien frisée, portant un chapeau sous le bras, et en habit complet de nankin. Il tenait une petite canne à la main. Tout son extérieur était modeste, mais fort propre, comme on le dit de celui de Socrate. Je lui offris une pièce de coco marin avec son fruit, pour augmenter sa collection de graines ; et il me fit le plaisir de l'accepter. Avant de sortir de chez moi, nous passâmes dans une chambre où je lui fis voir une belle immortelle du Cap, dont les fleurs ressemblent à des fraises, et les feuilles à des morceaux de drap gris. Il la trouva charmante ; mais je l'avais donnée, et elle n'était plus à ma disposition. Comme je le reconduisais à travers les Tuileries, il sentit l'odeur du café. Voici, me dit-il, un parfum que j'aime beaucoup. Quand on en brûle dans mon escalier, j'ai des voisins qui ferment leur porte, et moi j'ouvre la mienne. Vous prenez donc du café, lui dis-je, puisque vous en aimez l'odeur. Oui, me répondit-il ; c'est presque tout ce que j'aime des choses de luxe, les glaces et le café. J'avais apporté une balle de café de l'île de Bourbon, et j'en avais fait quelques paquets que je distribuais à mes amis. Je lui en envoyai un le lendemain, avec un billet où je lui mandais que sachant son goût pour les graines étrangères, je le priais d'accepter celles-là. Il me répondit par un billet fort poli, où il me remerciait de mon attention.

Mais le jour suivant j'en reçus un autre d'un ton bien différent. En voici la copie :

Hier, monsieur, j'avais du monde chez moi qui m'a empêché d'examiner ce que contenait le paquet que vous m'avez envoyé. À peine nous nous connaissons, et vous débutez par des cadeaux : c'est rendre notre société trop inégale ; ma fortune ne me permet point d'en faire. Choisissez de reprendre votre café ou de ne nous plus voir.
Agréez mes très-humbles salutations.
J.-J. Rousseau.
Je lui répondis, qu'ayant été dans le pays où croissait le café, la qualité et la quantité de ce présent le rendaient de peu d'importance ; qu'au reste je lui laissais le choix de l'alternative qu'il m'avait donnée. Cette petite altercation se termina aux conditions que j'accepterais de sa part une racine de Ginseng, et un ouvrage sur l'ichthyologie qu'on lui avait envoyé de Montpellier. Il m'invita à dîner pour le lendemain. Je me rendis chez lui à onze heures du matin. Nous conversâmes jusqu'à midi et demi. Alors son épouse mit la nappe. Il prit une bouteille de vin, et en la posant sur la table, il me demanda si nous en aurions assez, et si j'aimais à boire. Combien sommes-nous, lui dis-je? Trois, dit-il, vous, ma femme et moi. Quand je bois du vin, lui répondis-je, et que je suis seul, j'en bois bien

une demi-bouteille, et j'en bois un peu plus quand je suis avec mes amis. Cela étant, reprit-il, nous n'en aurons pas assez,; il faut que je descende à la cave. Il en rapporta une seconde bouteille. Sa femme servit deux plats ; un de petits pâtés, et un autre qui était couvert. Il me dit, en me montrant le premier: Voici votre, plat, et l'autre est le mien. Je mange peu de pâtisserie, lui dis-je, mais j'espère bien goûter du vôtre. Oh ! me dit-il, ils nous sont communs tous deux ; mais bien des gens ne se soucient pas de celui-là ; c'est un mets suisse ; un pot-pourri de lard, de mouton, de légumes et de châtaignes. Il se trouva excellent. Ces deux plats furent relevés par des tranches de bœuf en salade, ensuite par des biscuits et du fromage ; après quoi sa femme servit le café. Je ne vous offre point de liqueur, me dit-il, parce que je n'en ai point ; je suis comme le cordelier qui prêchait sur l'adultère, j'aime mieux boire une bouteille de vin qu'un verre de liqueur.

Pendant le repas, nous parlâmes des Indes, des Grecs et des Romains. Après le dîner, il fut me chercher quelques manuscrits dont je parlerai quand il sera question de ses ouvrages. Il me lut une continuation d'Émile, quelques lettres sur la botanique, un petit poëme en prose sur le lévite dont les Benjamites violèrent la femme, des morceaux charmants traduits du Tasse. Comptez- vous donner ces écrits au public? Oh ! Dieu m'en garde, dit-il !je les ai faits pour mon plaisir, pour causer le soir avec ma femme. Oh oui ! que cela est touchant, reprit madame Rousseau ! cette pauvre Sophronie ! j'ai bien pleuré quand mon mari m'a lu cet endroit-là. Enfin elle m'avertit qu'il était neuf heures du soir : j'avais passé dix heures de suite comme un instant.

Lecteur, si vous trouvez ces détails frivoles, n'allez pas plus avant ; tous sont précieux pour moi, et l'amitié m'ôte la liberté de choisir. Si vous aimez à voir de près les grands hommes, et si vous chérissez dans un récit la simplicité et la sincérité, vous serez satisfait. Je ne donne rien à l'imagination, je n'exagère aucune vertu, je ne dissimule aucun défaut : je ne mets d'autre art dans ma narration qu'un peu d'ordre. Dans l'envie que j'avais de ne rien perdre de la mémoire de Rousseau, j'avais recueilli quelques autres anecdotes ; mais elles n'étaient fondées que sur des ouï-dire, et j'ai voulu donner à cet ouvrage un mérite étranger même aux meilleures histoires : c'est de ne pas renfermer la plus légère circonstance, que je n'en aie été le témoin, ou que je ne la tienne de la bouche même de Rousseau.

Il était né à Genève, en 1712, d'un père de la religion réformée, et horloger de profession. Sa naissance coûta la vie à sa mère. C'était une femme d'esprit, qui faisait même des vers agréablement. Il m'en a cité d'elle qu'elle avait improvisés dans une promenade ; mais je les ai oubliés. Il fut élevé par une sœur de son père, et jamais il n'oublia les soins qu'elle avait pris de son enfance. Elle vit peut-être encore ; elle vivait du moins il y a quelques années, et voici comment je l'ai su. Un de mes anciens camarades de collège me pria, il y a trois ans, de le présenter à J.-J. Rousseau. C'était un brave garçon, dont la tête était aussi chaude que le cœur. Il me dit qu'il avait vu Rousseau au château de Trie, et qu'étant ensuite allé voir Voltaire à Genève, on lui avait dit que la tante de Rousseau demeurait près de là dans un village. Il fut lui rendre visite. Il trouva une vieille femme qui, en apprenant qu'il avait vu son neveu, ne se possédait pas d'aise. Comment, monsieur, lui dit-elle, vous l'avez vu ! Est-il donc vrai qu'il n'a pas de religion ? Nos ministres disent que c'est un impie. Comment cela se peut-il ? il m'envoie de quoi vivre. Pauvre vieille femme de plus de quatre-vingts ans, seule, sans servante, dans un grenier, sans lui je serais morte de froid et de faim ! Je répétai la chose à Rousseau mot pour mot. Je le devais, me dit-il, elle m'avait élevé orphelin. Cependant il ne voulut pas recevoir mon camarade, quoique j'eusse tout disposé pour l'y engager. Ne me l'amenez pas, dit-il, il m'a fait peur ; il m'a écrit une lettre où il me mettait au-dessus de Jésus-Christ.

Il apprit à connaître ses lettres dans des romans. Son père le faisait lire auprès de son établi. Vers l'âge de sept à huit ans, il lui tomba entre les mains un Plutarque, qui devint sa lecture favorite. Dès l'enfance il s'exprimait avec sensibilité. Son père qui lui trouvait beaucoup de ressemblance avec l'épouse qu'il regrettait, lui disait quelquefois le matin en se levant : Allons, Jean-Jacques, parle-moi de ta mère. Si je vous en parle, disait-il, vous allez pleurer. Ce n'était point par singularité qu'il aimait à porter ce nom de Jean-Jacques, mais parce qu'il lui rappelait un âge heureux, et le souvenir d'un père dont il ne me parlait jamais qu'avec attendrissement. Il m'a raconté que son père etait d'un tempérament très-vigoureux, grand chasseur, aimant la bonne chère et à se réjouir. Dans ce temps-là on formait à Genève des coteries, dont chaque membre, suivant l'esprit de la réforme, prenait un surnom de l'ancien Testament. Celui de son père était David. Peut-être ce surnom contribua-t-il à le lier avec David Hume, car il aimait à attacher aux mêmes noms les mêmes idées, comme je le dirai dans une occasion où il s'agissait du mien. Au reste ce préjugé lui a été commun avec les plus grands hommes de l'antiquité, et même avec le peuple romain, qui confia sa destinée à des généraux dont le nom lui paraissait d'un heureux augure, pour avoir été porté par des hommes dont il chérissait la mémoire. C'est ce qu'on peut voir sur-tout dans la vie des Scipions.

Alors il n'y avait pas à Genève un citoyen bien élevé qui ne sût son Plutarque par cœur. Rousseau m'a dit qu'il a été un temps où il connaissait mieux les rues d'Athènes que celles de Genève. Les jeunes gens ne parlaient dans leurs conversations que de législation, des moyens d'établir ou de réformer la société. Les âmes étaient nobles, grandes et gaies. Un jour d'été, une troupe de bourgeois prenaient le frais devant leurs portes, ils causaient et riaient entre eux, lorsqu'un lord vint à passer. Il crut, à leurs rires, qu'ils se moquaient de lui. Il s'arrêta et leur dit fièrement : Pourquoi riez-vous quand je passe ? Un des bourgeois lui répondit sur le même ton : Eh ! pourquoi passez-vous quand nous rions ? Son père eut une querelle avec un capitaine qui l'avait insulté, et qui appartenait à une famille considérable de la ville. Il proposa au capitaine de mettre l'épée à la main, ce que celui-ci refusa. Cette aventure renversa sa fortune. La famille de son adversaire le força de s'expatrier : il mourut âgé de près de cent ans.

Rousseau, vers l'âge de vingt ans, fit, à pied, un voyage à Paris ; il y séjourna peu, se rendit de là, toujours à pied, à Chambéry, en dirigeant sa route par Lyon, qu'il désirait revoir. Il arriva dans cette ville à l'entrée de la nuit, soupa avec son dernier morceau de pain, et se coucha sur le pavé sous une arcade ombragée par des maronniers : c'était en été. Je n'ai jamais passé une nuit plus agreable, me dit-il ; je dorrnis d'un sommeil profond, ensuite je fus réveillé, au lever du soleil, par le chant des oiseaux ; frais et gai comme eux, je marchais en chantant dans les rues, ne sachant où j'allais et ne m'en souciant guère. Je n'avais pas un sou dans ma poche. Un abbé, qui venait derrière moi, m'appela : Mon petit ami, vous savez la musique ; voudriez-vous en copier ? C'était tout ce que je savais faire : je le suivis, et il me fit travailler. – La Providence, lui dis-je, vous servit à point nommé ; mais que serait-il arrivé si vous n'eussiez pas rencontre cet abbé ? J'aurais, me dit-il, probablement fini par demander l'aumône quand l'appétit serait venu.

Il avait un frère aîné, qui partit à dix-sept ans pour aller faire fortune aux Indes. Jamais depuis il n'en a ouï parler. Il fut sollicité par un directeur de la compagnie des Indes d'aller à la Chine ; et il était fâché de n'avoir pas pris ce parti. C'est à-peu-près vers ce temps-là qu'il fut en Italie. Le noble aveu qu'il fait de sa position, de ses fautes et de ses malheurs, au commencement du troisième volume d'Émile, est si touchant, que je ne peux me refuser le plaisir de le transcrire.

Il y a trente ans que dans une ville d'Italie, un jeune homme expatrié se voyait réduit à la dernière misère. Il était né calviniste; mais par les suites d'une étourderie, se trouvant fugitif, en pays étranger, sans ressource, il changea de religion pour avoir du pain. Il y avait dans cette ville un hospice pour les prosélytes ; il y fut admis. En l'instruisant sur la controverse, on lui donna des doutes qu'il n'avait pas, et on lui apprit le mal qu'il ignorait : il entendit des dogmes nouveaux, il vit des mœurs encore plus nouvelles ; il les vit, et faillit en être la victime. Il voulut fuir, on l'enferma ; il se plaignit, on le punit de ses plaintes ; à la merci de ses tyrans, il se vit traiter en criminel, pour n'avoir pas voulu céder au crime. Que ceux qui savent combien la première épreuve de la violence et de l'injustice irrite un jeune cœur sans expérience, se figurent l'état du sien. Des larmes de rage coulaient de ses yeux ; l'indignation l'étouffait ; il implorait le ciel et les hommes ; il se confiait à tout le monde, et n'était écouté de personne. Il ne voyait que de vils domestiques soumis à l'infame qui l'outrageait, ou des complices du même crime, qui se raillaient de sa résistance, et l'excitaient à les imiter. Il était perdu sans un honnête ecclésiastique qui vint à l'hospice pour quelque affaire, et qu'il trouva le moyen de consulter en secret. L'ecclésiastique était pauvre, et avait besoin de tout le monde ; mais l'opprimé avait encore plus besoin de lui ; et il n'hésita pas à favoriser son évasion, au risque de se faire un dangereux ennemi.

Échappé au vice pour rentrer dans l'indi- gence, le jeune homme luttait sans succès contre sa destinée : un moment il se crut au-dessus d'elle. A la première lueur de fortune, ses maux et son protecteur furent oubliés. Il fut bientôt puni de cette ingratitude ; toutes ses espérances s'évanouirent : sa jeunesse avait beau le favoriser, ses idées romanesques gâtaient tout. N'ayant ni assez de talent, ni assez d'adresse pour se faire un chemin facile ; ne sachant être ni modéré ni méchant, il prétendit à tant de choses, qu'il ne sut parvenir à rien. Retombé dans sa première détresse, sans pain, sans asyle, prêt à mourir de faim, il se ressouvint de son bienfaiteur. Il y retourne, il le trouve, il en est bien reçu. Sa vue rappelle à l'ecclésiastique une bonne action qu'il avait faite ; un tel souvenir réjouit toujours l'ame. Cet homme était naturellement humain, compatissant ; il sentait les peines d'autrui par les siennes, et le bien-être, n'avait point endurci son cœur; enfin les leçons de la sagesse et une vertu éclairée avaient affermi son bon naturel. Il accueille le jeune homme, lui cherche un gîte, l'y recommande; il partage avec lui son nécessaire, à peine suffisant pour deux. Il fait plus, il l'instruit, le console ; il lui apprend l'art difficile de supporter patiemment l'adversité. Gens à préjugés, est-ce d'un prêtre, est-ce en Italie que vous eussiez espéré tout cela !

Cet honnête ecclésiastique était un pauvre vicaire savoyard, qu'une aventure de jeunesse avait mis mal avec son évêque...»

Après un tableau des malheurs et des vertus de son protecteur,

Je me lasse, dit Rousseau, de parler en tierce personne, et c'est un soin fort superflu ; car vous sentez bien, cher concitoyen, que ce malheureux fugitif, c'est moi-même : je me crois assez loin des désordres de ma jeunesse pour oser les avouer ; et la main qui m'en tira, mérite bien, qu'aux dépens d'un peu de honte, je rende au moins quelque honneur à ses bienfaits.

Échappé aux mains cruelles des moines, recueilli et réchauffé par un bon samaritain, il se vit un moment à la porte de la fortune et des honneurs. Il fut attaché à la légation de France à Venise, et il fit, pendant l'absence de l'ambassadeur, les fonctions de secrétaire d'ambassade. L'ambassadeur, qui-était fort avare, voulut partager avec lui l'argent que la cour de France passe dans ces circonstances, en gratifications, aux secrétaires. Pour l'engager à faire ce sacrifice, l'ambassadeur lui disait : Vous n'avez point de dépense à faire, point de maison à soutenir; pour moi, je suis obligé de raccommoder mes bas. Et moi aussi, dit Rousseau ; mais quand je les raccommode, il faut bien que je paye quelqu'un pour faire vos dépêches. J'observai à cette occasion que tous les ambitieux finissaient par être avares, que l'avarice même n'était qu'une ambition passive, et que ces deux passions sont également dures, cruelles et injustes. Le caractère de cet ambassadeur était bien connu aux affaires étrangères. Une personne digne de foi m'a cité plusieurs traits de son avarice. Trois souliers, disait-il souvent, équivalent à deux paires, parce qu'il y en a toujours un plutôt usé que l'autre : en conséquence il se faisait toujours faire trois souliers à-la-fois.

Rousseau a vécu à Montpellier, en Franche-Comté, en Suisse, aux environs de Neufchâtel, mais j'ignore à quelles époques. Je lui ai fait rarement des questions à ce sujet. Il ne me communiquait de sa vie passée que ce qu'il lui plaisait. Content de lui tel que je le voyais, peu m'importait ce qu'il avait été. Un jour cependant je lui demandai s'il n'avait pas fait le tour du monde, et s'il n'était pas le Saint-Preux de sa Nouvelle Héloïse. Non, me dit-il, je ne suis pas sorti de l'Europe; Saint-Preux n'est pas tout-à-fait ce que j'ai été, mais ce que j'aurais voulu être.

Il paraît que sa destinée, au défaut des richesses, sema sur sa route un peu de bonheur. Il eut un ami dans la personne de Georges Keith, milord maréchal, gouverneur de Neufchâtel : il en conservait précieusement la mémoire. Ils avaient formé le projet, conjointement avec un capitaine de la compagnie des Indes, d'acheter chacun une métairie sur les bords du lac de Genève, pour y passer leurs jours. Les trois solitudes auraient été entre elles à une demi-lieue de distance. Quand l'un des amis aurait voulu recevoir la visite des deux autres, il aurait arboré un pavillon au haut de sa maison : par cet arrangement, chacun d'eux se ménageait la liberté dans son habitation, et la vue du toit d'un ami.

Il a demeuré plusieurs années à Montmorency, dans une petite maison située à mi-côte au milieu du village ; mais il en a occupé une bien plus agréable dans le bois même de Montmorency : c'était un lieu charmant, me dit-il, qu'on appelait l'Ermitage; mais il n'existe plus, on l'a gâté. J'allais souvent me promener dans un endroit retiré de la forêt qui me plaisait beaucoup. Un jour j'y trouvai des sièges de gazon : cette surprise me fit grand plaisir. Vous aviez donc des amis, lui dis-je? Dans ce temps-là j'en avais, reprit-il, mais à présent je n'en ai plus. Pourquoi, lui disais-je une fois, avez -vous quitté le séjour de la campagne, que vous aimez tant, pour habiter une des rues de Paris les plus bruyantes ? Il faut, me répondit-il, pouvoir vivre à la campagne ; mon état de copiste de musique m'oblige d'être à Paris. D'ailleurs, on a beau dire qu'on vit à bon marché à la campagne, on y tire presque tout des villes. Si vous avez besoin de deux liards de poivre, il vous en coûte six sous de commission. Et puis j'y étais accablé de gens indiscrets. Un jour entre autres, une femme de Paris, pour m'épargner un port de lettre de quatre sous, m'en fit coûter près de quatre francs. Elle m'envoya une lettre à Montmorency par un domestique. Je lui donnai à dîner, et un écu pour sa peine : c'était bien la moindre chose; il avait fait le chemin à pied, et il venait pour moi. Quant à la rue Plâtrière, c'est la première rue où j'ai logé en arrivant à Paris : c'est une affaire, d'habitude, il y a vingt-cinq ans que j'y demeure.

Il avait épousé mademoiselle Levasenr, du pays de Bresse, de la religion catholique.

Après avoir jeté un coup-d'œil sur les événements de sa vie, passons à sa constitution physique.

Dans la plupart de ses voyages, il aimait à aller à pied ; mais cet exercice n'avait jamais pu l'accoutumer à marcher sur le pavé. Il avait les pieds très-sensibles : Je ne crains pas la mort, disait-il, mais je crains la douleur. Cependant, il était très- vigoureux ; à plus de soixante ans, il allait après midi aux prés Saint-Gervais, ou bien il faisait le tour du bois de Boulogne, sans qu'à la fin de cette promenade il parût fatigué. Il avait eu des fluxions aux dents, qui lui en avaient fait perdre une partie ; il faisait passer la douleur en mettant de l'eau très-froide dans sa bouche. Il avait observé que la chaleur des aliments occasione les maux de dents, et que les animaux qui boivent et mangent froid, les ont fort saines. J'ai vérifié la bonté de son remède et de son observation; car les peuples du nord, entre autres les Hollandais, ont presque tous les dents gâtées par l'usage du thé, qu'ils boivent très-chaud, et les paysans de mon pays les ont très-blanches. Dans sa jeunesse il eut des palpitations si fortes, qu'on entendait les battements de son cœur de l'appartement voisin. J'étais alors amoureux, me dit-il, je fus trouver à Montpellier M. Fitse, fameux médecin ; Ur me regarda en riant et en me frappant sur l'épaule : Mon bon ami, me dit-il, buvez-moi de temps en temps un bon verre de vin. Il appelait les vapeurs la maladie des gens heureux. Les vapeurs de l'amour sont douces, lui dis-je, mais si vous aviez, avec celles-ci, éprouvé celles de l'ambition, vous en jugeriez peut-être autrement. Il avait de temps à autre quelque ressentiment de ce mal. Il m'a conté qu'il n'y avait pas longtemps, il avait cru mourir un jour qu'il était dans le cul-de-sac Dauphin, sans en pouvoir sortir, parce que la porte des Tuileries était fermée derrière lui, et que l'entrée de la rue était barrée par des carrosses ; mais dès que le chemin fut libre, son inquiétude se dissipa. Il avait appliqué à ce mal le seul remède convenable à tous les maux, qui est d'en ôter la cause : il s'abstenait de méditations, de lectures et de liqueurs fortes. Les exercices du corps, le repos de l'ame et la dissipation avaient achevé d'en affaiblir les effets. Il fut long-temps affligé d'une descente et d'une rétention d'urine, qui l'obligèrent d'user de bandages et d'une sonde. Comme il vivait à la campagne, et presque toujours seul dans les bois, il imagina de porter une robe longue et fourrée pour cacher son incommodité; et comme, dans cet état, une perruque était peu commode, il se coiffa d'un bonnet ; mais d'un autre côté, cet habillement paraissant extraordinaire aux enfants et aux badauds qui le suivaient par-tout, il fut obligé d'y renoncer. Voilà comme on a attribué à l'esprit de singularité ce prétendu habit d'Arménien, que ses infirmités lui avaient rendu nécessaire. Il se guérit à la fin de ses maux en renonçant à la médecine et aux médecins ; il ne les appelait pas même dans les accidents les plus imprévus. En 1776, à la fin de l'automne, en descendant seul le soir la pente de Ménil-Montant, un de ces grands chiens danois que la vanité des riches fait courir dans les rues, au-devant de leurs carrosses, pour le malheur des gens de pied, le renversa si rudement sur le pavé, qu'il en perdit toute connaissance. Des gens charitables qui passaient,.le relevèrent ; il avait la lèvre supérieure fendue, le pouce delà main gauche tout écorché: il revint à lui ; on voulut lui chercher une voiture, il n'en voulut point de peur d'y être saisi du froid; il revint chez lui à pied; un médecin accourut, il le remercia de son amitié, mais il refusa son secours, et se contenta de laver ses blessures qui, au bout de quelques jours, se cicatrisèrent parfaitement. C'est la nature, disait-il, qui guérit, ce ne sont pas les hommes.

Dans les maladies intérieures, il se mettait à la diète, et voulait être seul, prétendant qu'alors le repos et la solitude étaient aussi nécessaires au corps qu'à l'ame.

Son régime en santé l'a maintenu frais, vigoureux et gai jusqu'à la fin de sa vie. Il se levait à cinq heures du matin en été, se mettait à copier de la musique jusqu'à septheureset demie; alors il déjeunait, et pendant le déjeuner, il s'occupait à arranger sur des papiers les plantes qu'il avait cueillies l'après-midi de la veille ; après déjeuner, il se remettait à copier de la musique ; il dînait à midi et demi ; à une heure et demie il allait prendre du café, assez souvent au café des Champs-Elysées où nous nous donnions rendez-vous. Ensuite il allait herboriser dans les campagnes, le chapeau sous le bras en plein soleil, même dans la canicule. Il prétendait que l'action du soleil lui faisait du bien. Cependant je lui disais que tous les peuples méridionaux couvraient leurs têtes de coiffures d'autant plus élevées qu'ils approchent plus de la Ligne. Je lui citais les turbans des Turcs et des Persans, les longs bonnets pointus des Chinois et des Siamois, les mitres élevées des Arabes, qui cherchent tous à ménager entre leurs têtes et leurs coiffures un grand volume d'air, tandis que les peuples du nord n'ont que des toques ; j'ajoutais que la nature fait croître dans les pays chauds les arbres à larges feuilles, qui semblent destinés à donner aux animaux et aux hommes des ombrages plus épais. Enfin, je lui rappelais l'instinct des troupeaux qui vont se mettre à l'ombre au fort de la chaleur ; mais ces raisons ne produisaient aucun effet, il me citait l'habitude et son expérience. Cependant j'attribue à ces promenades brûlantes une maladie qu'il éprouva dans l'été de 1777. C'était une révolution de bile, avec des vomissements et des crispations de nerfs si violentes, qu'il m'avoua n'avoir jamais tant souffert. Sa dernière maladie, arrivée l'année suivante dans la même saison, à la suite des mêmes exercices, pourrait bien avoir eu la même cause. Autant il aimait le soleil, autant il craignait la pluie ; quand il pleuvait il ne sortait point. Je suis, me disait-il en riant, tout le contraire du petit bon-homme du baromètre suisse ; quand il rentre je sors, et quand il sort je rentre. Il était de retour de la promenade un peu avant la fin du jour, il soupait et se couchait à neuf heures et demie.

Tel était l'ordre de sa vie ; ses goûts avaient la même simplicité. A commencer par le sens qui est le précurseur de celui du goût, comme il n'usait point de tabac, il avait l'odorat fort subtil ; il ne recueillait pas de plantes qu'il ne les flairât, et je crois qu'il aurait pu faire une botanique de l'odorat, s'il y avait dans les langues autant de noms propres à caractériser les odeurs, qu'il y a d'odeurs dans la nature. Il m'avait appris à connaître beaucoup de plantes par les seules émanations : l'œillet à odeur de girofle;

la croisette qui sent le miel ; le muscari, la prune ; un certain chenopodium, la morue salée; une espèce de géranium, le gigot de mouton rôti; une vesse-de-loup façonnée en boîte à savonnette, divisée en côtes de melon avec un tel artifice, que si on s'essaie à l'ouvrir par-là, elle se fend tout-à-coup par une suture transversale et imperceptible, et vous couvre d'une poussière fétide ; et une infinité d'autres. Mais que dire, en passant, de ces jeux où la nature imite jusqu'aux ouvrages de l'homme, comme pour s'en moquer ?

Il mangeait de tous les aliments, à l'exception des asperges, parce qu'il avait éprouvé qu'elles offensent la vessie. Il regardait les haricots, les petits pois, les jeunes artichauts, comme moins sains et moins agréables que ceux qui ont acquis leur maturité. Il ne mettait pas à cet égard de différence entre les primeurs en légumes et les primeurs en fruits. Il aimait beaucoup les fèves de marais, quand elles ont leur grosseur naturelle, et que toutefois elles sont encore tendres.

Il m'a raconté que dans les premiers temps qu'il vint à Paris, il soupait avec des biscuits. Il y avait alors deux fameux pâtissiers au Palais-Royal, chez lesquels beaucoup de personnes allaient faire leur repas du soir. L'un d'eux mettait du citron dans ses biscuits, l'autre n'y en mettait pas ; celui-ci passait pour le meilleur. Autrefois, me disait-il, nous buvions, ma femme et moi, un quart de bouteille de vin à notre souper, ensuite est venue la demi-bouteille, à présent nous buvons la bouteille tout entière; cela nous réchauffe. Il aimait à se rappeler les bons laitages de la Suisse, entre autres celui qu'on mange en quelques endroits des bords du lac de Genève. La crême en été y est couleur de rose, parce que les vaches y paissent quantite de fraises qui croissent dans les pâturages des montagnes. Je ne voudrais pas, disait-il, faire tous les jours bonne chère, mais je ne la hais pas. Un jour que j'étais dans le carrosse de Montpellier, on nous servit, à quelques lieues de cette ville, un dîner excellent en gibier, en poissons et en fruits ; nous crûmes qu'il nous en coûterait beaucoup : on nous demanda 30 sous par tête. Le bon marché, la société qui se convenait, la beauté du paysage et de la saison, nous firent prendre le parti de laisser aller le carrosse ; nous restâmes là trois jours à nous réjouir; je n'ai jamais fait meilleure chère. On ne jouit des biens de la vie que dans les pays où il n'y a point de commerce : le désir de tout convertir en or fait qu'ailleurs on se prive de tout. Cette réflexion peut servir de réponse à ceux de nos politiques modernes qui veulent étendre sans discrétion le commerce d'un pays, et qui regardent cette extension comme le plus grand avantage qu'on puisse lui procurer. A l'observation de Jean-Jacques sur les jouissances des peuples qui n'ont point de commerce, j'en ajouterai une sur les privations de ceux qui en ont beaucoup. J'ai un peu voyagé, et j'ai vu dans les pays où l'on fabrique beaucoup de draps, le peuple presque nu ; dans ceux où l'on engraisse quantité de bœufs et de volailles, le paysan sans beurre, sans œufs et sans viande ; et ne mangeant que du pain noir dans ceux où croît le plus beau froment : c'est ce que j'ai vu à-la-fois en Normandie, dont les campagnes sont les plus fertiles et les plus commerçantes que je connaisse. Au demeurant, personne n'était plus sobre que Rousseau. Dans nos promenades, c'était toujours moi qui lui faisais la proposition de goûter; il l'acceptait, mais il fallait absolument qu'il payât la moitié de la dépense, et si je la payais à son insu, il refusait les semaines suivantes de venir avec moi. Vous manquez, disait-il, à nos engagements. Je sais que la gourmandise est un goût de l'enfance, mais c'est aussi quelquefois celui des vieillards. S'il avait en ce vice, combien de tables délicates à Paris auraient été à sa discrétion ! mais la bonne compagnie y est plus rare que la bonne chère, et le plaisir disparaissait pour lui, dès qu'il était en opposition avec quelque vertu. J'en citerais une occasion où il fut sollicité par un désir fort vif. Un jour d'été très-chaud, nous nous promenions aux prés Saint-Gervais ; il etait tout en sueur : nous fûmes nous asseoir dans une des charmantes solitudes de ce lieu, sur l'herbe fraîche, à l'ombre des cerisiers, ayant devant nous un vaste champ de groseilliers, dont les fruits étaient tout rouges. J'ai grand soif, me dit-il, je mangerais bien des groseilles; elles sont mûres, elles font envie, mais il n'y pas moyen d'en avoir : le maître n'est pas là. Il n'y toucha pas. Il n'y avait aux environs, ni gardes, ni maître, ni témoin ; mais il voyait dans le champ la statue de la

Justice. Ce n'était pas son épée qu'il respectait, c'était ses balances.

Ses yeux n'étaient pas moins continents que son goût. Jamais il ne les fixait sur une femme, quelque jolie qu'elle fût. Son regard était assuré et même perçant lorsqu'il était ému ; mais jamais il ne l'arrêtait que sur celui de l'homme auquel il voulait se communiquer. Ce cas rare excepté, il ne s'occupait dans les rues qu'à en sortir sûrement et promptement. Je lui disais un jour, sur son indifférence pour les objets devant lesquels nous passions : Vous ressemblez à Xénocrates, qui pensait que de jeter les yeux dans la maison d'autrui, c'était autant que d'y mettre les pieds. Oh ! c'est un peu trop fort, répondit-il. Le spectacle des hommes, loin de lui inspirer de la curiosité, la lui avait ôtée. J'ai souvent remarqué sur son front, un nuage qui s'éclaircissait à mesure que nous sortions de Paris, et qui se reformait à mesure que nous nous en rapprochions. Quand il était une fois dans la campagne, son visage devenait gai et serein. Enfin nous voilà, disait-il, hors des carrosses, du pavé et des hommes. Il aimait surtout la verdure des champs. J'ai dit à ma femme, me disait-il, quand tu me verras bien malade, et sans espérance d'en revenir, fais-moi porter au milieu d'une prairie, sa vue me guérira. Il ne voyait pas de fort loin, et pour apercevoir les objets éloignés, il s'aidait d'une lorgnette; mais de près, il distinguait dans le calice des plus petites fleurs, des parties que j'y voyais à peine avec une forte loupe. Il aimait l'aspect du mont Valérien, et quelquefois au coucher du soleil, il s'arrêtait à le considérer sans rien dire, non pas seulement pour y observer les effets de la lumière mourante au milieu des nuages et des collines d'alentour, mais parce que cette vue lui rappelait les beaux couchers du soleil dans les montagnes de la Suisse. Il m'en faisait des tableaux charmants.On trouve quelquefois dans la Suisse, disait-il, des positions enchantées. J'y ai vu au milieu d'un cratère entouré de longues pyramides de roches sèches et arides, des bassins où croissent les plus riches végétaux, et d'où sortent des bouquets d'arbres au centre desquels est bien souvent une petite maison. Vous êtes dans les airs, et vous apercevez sous vos pieds des points de vue délicieux. Cependant, ajoutait-il, je ne voudrais pas demeurer sur ces montagnes, parce que les belles vues gâtent le plaisir de la promenade, mais je voudrais y avoir ma maison à mi-côte. Il n'était sensible qu'aux beautés de la nature. Un jour, cependant, que j'allais à Sceaux pour la première fois, il me dit : Vous le verrez avec plaisir ; je n'aime pas les parcs, mais de tous ceux que j'ai vus, c'est celui que je préfèrerais. Il n'approuvait pas les changements qu'on avait faits à celui de la Muette, où il allait quelquefois se promener. Les ruines des parcs l'affectaient plus que celles des châteaux. Il considérait avec intérêt ce mélange de plantes étrangères, sauvages et domestiques ; ces charmilles redevenucs des bois ; ces grands arbres jadis taillés, et qui se hâtent de reprendre leur forme ; ce concours où l'art des hommes ne lutte contre la nature que pour faire connaître son impuissance. Il riait de la bizarrerie de nos riches, qui scellent sur les bords de leurs ruisseaux factices, des grenouilles et des roseaux de plomb, et qui font détruire avec grand soin ceux qui y viennent naturellement ; il se moquait de leur mauvais goût, qui leur fait entasser dans de petits terrains les simulacres des ruines d'architecture de tous les peuples et de tous les siècles. Mais quand elles y seraient même bien ordonnées, je crois qu'elles n'en feraient pas plus d'effet. Ce n'est pas parce que les monuments de l'antiquité inspirent de la mélancolie, que nous en aimons la vue. O grands, voulez-vous que vos parcs offrent un jour à la postérité des ruines vénérables comme celles des Grecs et des Romains ? faites régner, comme eux, la vertu dans vos palais, et le bonheur dans les villages. Les athées, disait Rousseau, n'aiment point la campagne ; ils aiment bien celle des environs de Paris, où l'on a tous les plaisirs de la ville, les bonnes tables, les brochures, les jolies femmes ; mais si vous les ôtez de là, ils y meurent d'ennui, ils n'y voient rien. Il n'y a pas cependant sur la terre de peuple que le simple aspect de la nature n'ait pénétré du sentiment de la divinité. Si un homme de génie comme Platon, arrivait chez des sauvages avec les découvertes modernes de la physique, et qu'il leur dît : Vous adorez un être intelligent, mais vous ne connaissez presque rien de la beauté de ses ouvrages; et qu'il leur fit voir toutes les merveilles du microscope et du télescope ; ah ! quel serait leur ravissement ! ils tomberaient à ses pieds, ils l'adoraient lui-même comme un dieu. Comment se peut-il qu'il y ait des athées dans un siècle aussi éclairé que le nôtre ? C'est que les yeux se ferment quand le cœur se resserre. On peut juger, par ce que sentait Rousseau, qu'il ne voyait rien dans la nature avec indifférence ; cependant tout ne l'intéressait pas également. Il préférait les ruisseaux aux rivières ; il n'aimait pas la vue de la mer, qui inspire, disait-il, trop de mélancolie. De toutes les saisons, il n'aimait que le printemps. Quand, disait-il, les jours commencent à décroître, l'été est fini pour moi ; mon imagination me représente l'hiver. Vous avez fait, lui disais-je, votre année bien courte, les beaux paysages de la Suisse vous ont gâté ; si vous aviez vu les longs hivers de la Russie, vous trouveriez les nôtres supportables. La nature, reprenait-il, est une belle femme, gaie, triste, mélancolique, qui ne m'intéresse pas toujours. Au reste, il n'y avait personne qui en tirât plus de jouissances, et il n'y avait pas une plante où il ne trouvât de la grâce et de la beauté. Mais novembre et décembre ne plaisaient qu'à sa raison.

Il avait la voix juste, et il disait que la musique lui était aussi nécessaire que le pain ; mais quand il voulait chanter en s'accompagnant de son épinette, pour me répéter quelques airs de sa composition, il se plaignait de sa mauvaise voix cassée. Nous nous arrêtions quelquefois avec délices pour entendre le rossignol : nos musiciens, me faisait-il observer, ont tous imité ses hauts et ses bas, ses roulades et ses caprices ; mais ce qui le caractérise, ces piou piou prolongés, ces sanglots, ces sons gémissants, qui vont à l'âme, et qui traversent tout son chant, c'est ce qu'aucun d'eux n'a pu encore exprimer. Il n'y avait point d'oiseau dont la musique ne le rendît attentif. Les airs de l'alouette, qu'on entend dans la prairie, tandis qu'elle échappe à la vue, le ramage du pinson dans les bosquets, le gazouillement de l'hirondelle sur les toits des villages, les plaintes de la tourterelle dans les bois, le chant de la fauvette qu'il comparait à celui d'une bergère par son irrégularité et par je ne sais quoi de villageois, lui faisaient naître les plus douces images. Quels effets charmants, disait-il, on en pourrait tirer pour nos opéra, où l'on représente des scènes champêtres !

On ne finirait pas sur les sensations d'un homme qui, au contraire de ceux qui rapportent à des lois mécaniques les opérations de leur âme, appliquait les affections de la sienne à toutes les jouissances de ses sens. L'amour n'était donc point en lui une simple affaire de tempérament. Il m'a assuré une chose que bien des gens auront peine à croire ; c'est que jamais une fille du monde, quelque belle qu'elle fût, ne lui avait inspiré le moindre désir. Il croyait cependant que le simple concours des causes physiques pouvait être dirigé au point non-seulement d'ébranler la sagesse, mais même de renverser la raison ; il m'en a cité un exemple frappant. Un jeune homme de Genève, élevé dans l'austérité des mœurs de la réforme, vint à Versailles du temps du régent. Il entra le soir au château ; la duchesse de Berry tenait le jeu ; il s'approcha d'elle ; l'éclat de ses diamants, l'odeur de ses parfums, la vue de sa gorge demi-nue, le mirent tellement hors de lui, que tout-à-coup il se jeta sur le sein de la duchesse, en y collant à-la-fois ses mains et sa bouche. Les courtisans l'arrachèrent et voulurent le jeter par les fenêtres ; mais la duchesse défendit qu'on lui fît du mal, et ordonna qu'on en prît soin. D'un autre côté, il ne regardait pas l'amour comme une simple affection platonique : il avait refusé de voir une belle femme, qu'il avait aimée et qui avait vieilli, pour ne pas perdre l'illusion agréable qui lui en était restée.

Il fallait que les agréments de la figure concourussent avec les qualités morales pour le rendre sensible ; alors il leur trouvait tant de pouvoir que l'âge même ne l'aurait pas rendu capable d'y résister, s'il n'avait évité les occasions où la résistance serait devenue nécessaire; mais il n'en regardait pas moins l'amour dans un vieillard comme un désordre de la raison. On n'aime point sans espérance, disait-il ; j'aurais mauvaise opinion de la tête d'un vieillard amoureux. Nous parlerons de quelques-unes des inclinations de sa jeunesse, lorsqu'il sera question de son âme. Pour ne rien omettre ici de ce qui était étranger à son esprit et à son cœur, je vais parler de sa fortune.

Un matin que j'étais chez lui, je voyais entrer à l'ordinaire des domestiques qui venaient chercher des rôles de musique, ou qui lui en apportaient à copier : il les recevait debout et tête nue ; il disait aux uns : Il faut tant, et il recevait leur argent; aux autres : Dans quel temps faut-il rendre ce papier ? Ma maîtresse, répondait le domestique, voudrait bien l'avoir dans quinze jours. Oh ! cela n'est pas possible, j'ai de l'ouvrage ; je ne peux le rendre que dans trois semaines. Tantôt il s'en chargeait, tantôt il le refusait, en mettant dans les détails de ce commerce toute l'honnêteté d'un ouvrier de bonne foi. En le voyant agir avec cette simplicité, je me rappelais la réputation de ce grand homme. Quand nous fûmes seuls, je ne pus m'empêcher de lui dire : Pourquoi ne tirez-vous pas un autre parti de vos talents ?

Oh ! reprit-il, il y a deux Rousseaux dans le monde : l'un riche, ou qui aurait pu l'être s'il l'avait voulu ; un homme capricieux, singulier, fantasque ; c'est celui du public : l'autre est obligé de travailler pour vivre, et c'est celui que vous voyez.

Mais vos ouvrages auraient dû vous mettre à l'aise ; ils ont enrichi tant de libraires ! Je n'en ai pas tiré 20,000 liv. ; encore si j'avais reçu cet argent à-la-fois, j'aurais pu le placer ; mais je l'ai mangé successivement, comme il est venu. Un libraire de Hollande, par reconnaissance, m'a fait 600 liv. de pension viagère, dont 300 liv. sont réversibles à ma femme après ma mort ; voilà toute ma fortune : il m'en coûte 100 louis pour entretenir mon petit ménage, il faut que je gagne le surplus.

Pourquoi n'écrivez-vous plus ? – Plût à Dieu que je n'eusse jamais écrit ! c'est là l'époque de tous mes malheurs ; Fontenelle me l'avait bien prédit. Il me dit quand il vit mes essais : Je vois où vous irez ; mais, souvenez-vous de mes paroles : je suis un des hommes qui ont le plus joui de leur réputation ; la mienne m'a valu des pensions, des places, des honneurs et de la considération ; avec tout cela, jamais aucun de mes ouvrages ne m'a procuré autant de plaisir, qu'il m'a occasioné de chagrin. Dès que vous aurez pris la plume, vous perdrez le repos et le bonheur. Il avait bien raison. Je ne les ai retrouvés que depuis que je l'ai quittée ; il y a dix ans que je n'ai rien écrit.

J'en avais ouï dire autant de Racine. Voilà trois hommes comblés de réputation, et trois malheureux. Le sort d'un homme de lettres est donc bien à plaindre en France !

Pourquoi, lui disais-je encore, n'avez-vous pas, au moins, vendu vos manuscrits plus cher ? Il me fit alors le détail du prix qu'il en avait reçu, que j'ai oublié en partie. Il en avait tiré tout ce qu'il en pouvait tirer. L'Émile avait été vendu sept mille livres ; les libraires s'excusaient sur les contrefaçons.

Mais, reprenais-je, ne contrefont-ils point à leur tour les ouvrages de leurs confrères? Que résulte-t-il de leurs sophismes ? C'est que le corps des auteurs ne tire presque rien de ses travaux, tandis que le corps des libraires en recueille presque tout le bénéfice. Quand on attaque les abus des particuliers qui tiennent à un corps, il faut attaquer les membres et le corps à-la-fois, sans quoi les premiers se couvrent du crédit de leur corps, et le corps rejette sur ses membres les abus dont il s'enrichit. Pourquoi un auteur ne ferait-il pas saisir, par-tout ailleurs que chez son libraire, son ouvrage, comme un bien qui est à lui par-tout où il se trouve ? La loi le permet, à la vérité, répondait-il ; mais il faut tant d'apprêts, tant d'ordres, tant de démarches ! et puis combien de fois n'arrive-t-il pas aux magistrats et aux intendants de protéger eux-mêmes ces fraudes, sous prétexte du bien du commerce de leur province ! -J'entends : cela leur vaut des bibliothèques qui ne leur coûtent rien. Mais vous auriez dû faire de nouvelles éditions. -Si l'on n'ajoute et si l'on ne retranche rien à un ouvrage, le libraire n'a pas besoin de l'auteur ; si on y fait des changement, on trompe le libraire, et ceux qui ont acheté la première édition. J'ai toujours mis dans la première tout ce que j'avais à y mettre. Il me raconta que dans le temps même où il me parlait, un libraire de Paris mettait en vente une nouvelle édition de ses ouvrages, et répandait le bruit que, pour dédommager Rousseau de la peine qu'il avait prise à la faire, il lui avait passé, ainsi qu'à sa femme, un contrat de mille écus de pension. Rousseau pria un de ses amis de s'en informer : le libraire eut l'impudence de lui affirmer ce mensonge : Rousseau s'en plaignit à M. de Sartine ; il n'en eut point de justice. C'est le même libraire qui a ajouté à ses ouvrages, à la fin de 1778, un neuvième volume de pièces falsifiées, et qui depuis est devenu fou. Une autre fois je lui disais : le prince de Conti qui vous aimait bien, aurait dû vous laisser une pension par son testament. – J'ai prié Dieu de n'avoir jamais à me réjouir de la mort de personne. – Pourquoi ne vous a-t-il pas fait du bien pendant sa vie ? – C'était un prince qui promettait toujours, et qui ne tenait jamais. Il s'était engoué de moi ; il m'a causé de violents chagrins : si jamais je me suis repenti de quelque démarche, c'est de celles que j'ai faites auprès des grands.

Vous avez augmenté les plaisirs des riches, et on dit que vous avez constamment refusé leurs bienfaits. – Lorsque je donnai mon Devin du Village, un duc m'envoya quatre louis pour environ 66 liv. de musique que je lui avais copiée. Je pris ce qui m'était dû, et je lui renvoyai le reste : on répandit par-tout que j'avais refusé ma fortune. D'ailleurs ne faut-il pas estimer un homme pour l'accepter comme son bienfaiteur ? La reconnaissance est un grand lien. – Votre Devin du Village, qui rapporte chaque année tant d'argent à l'Opéra, aurait dû seul vous mettre à votre aise. – Je l'ai vendu 1,200 liv. une fois payées, avec mes entrées pour toute ma vie ; mais les directeurs de l'Opéra me les ont refusées, pour avoir écrit contre la musique française, condition que je n'avais certainement pas comprise dans mes engagements. Un soir que je voulais y entrer, on me refusa la porte ; je payai un billet 7 liv. 10 s., et je fus me placer au milieu de l'amphithéâtre. Ils ont rompu notre accord les premiers ; ainsi en leur rendant l'argent que j'en ai reçu, je rentre dans tous mes droits, et je pense compter avec eux de clerc à maître. J'ai demandé justice, et je n'ai pu l'obtenir; mais je pourrai léguer ces droits par mon testament à un homme qui aura assez de crédit pour leur faire rendre ma part du bénéfice au profit des pauvres. Il me nomma son légataire : c'était l'archevêque de Paris ; et tout en plaignant Rousseau, je ne pus m'empêcher de rire.

J'ai ouï dire que quand vous donnâtes votre Devin du Village, madame la marquise de Pompadour vous avait envoyé un service d'argenterie, dont vous n'acceptâtes qu'un couvert, en disant qu'un seul suffisait à qui mangeait seul. – J'ai été calomnié de toutes les manières : elle m'envoya cinquante louis, et je les pris : au reste, je n'ai refusé ma fortune d'aucun souverain.

Pourquoi n'avez-vous pas acccepté la pension du roi d'Angleterre, que M. Hume vous avait procurée? Excusez mes questions indiscrètes. – Oh, vous me faites le plus grand plaisir ! On ne détruit les calomnies qu'en les mettant au jour. Quand je passai en Angleterre avec M. Hume, j'eus plusieurs sujets de m'en plaindre : il ne faisait point manger avec lui mademoiselle Levasseur, qui était ma gouvernante ; il se fit graver coiffé en aile de pigeon, beau comme un petit ange, quoiqu'il fût fort laid ; et dans une autre estampe, qui servait de pendant à la sienne, il me fit représenter comme un ours ; il me montrait en spectacle dans sa maison, sans dire un seul mot ; enfin, croyant avoir raison de m'en plaindre, je refusai ses services, et je me séparai d'avec lui. Le roi d'Angleterre me fit assurer qu'il me donnait de son plein gré cent guinées de pension, sans aucun égard à M. Hume ; j'acceptai avec reconnaissance. À quelque temps de là, parut à Londres une satire abominable sur mon compte ; je crus que les Anglais en étaient les auteurs : j'y préparai une réponse. Avant de la faire paraître, il me sembla qu'il ne convenait pas de dire du mal d'une nation, et de recevoir des bienfaits de son souverain ; je renonçai à la pension afin d'avoir le cœur net et libre. Point du tout : j'apprends que c'était en France qu'on avait fabriqué ces détestables pamphlets ; je me crus obligé de chanter la palinodie. De retour à Paris, j'écrivis à l'ambassadeur d'Angleterre, qui ne me répondit point : j'avais auprès de lui Walpole, rnon ennemi, l'auteur d'une lettre supposée du roi de Prusse ; lettre qui compromet l'honneur d'un souverain, et dont l'auteur, par tout pays, aurait été puni, si son objet n'avait pas été de me tourner en ridicule. On apporta chez moi, à quelque temps de là, une somme d'argent dont on me demanda quittance, sans vouloir dire de quelle part elle venait. J'étais absent ; j'avais donné ordre à ma femme, en pareil cas, de refuser : je n'en ai plus entendu parler depuis. L'Angleterre, dont on fait en France de si beaux tableaux, a un climat si triste ; mon âme fatiguée de tant de secousses, y était dans une mélancolie si profonde, que dans tout ce qui s'est passé, je pense avoir fait des fautes ; mais sont-elles comparables à celles de mes ennemis, qui m'y ont persécuté, quand il n'y aurait que celle d'avoir trahi ma confiance, et d'avoir rendu publiques des querelles particulières ?

Ne pouviez-vous pas prendre quelqu'autre état que celui de copiste de musique ? – Il n'y a point d'emploi qui n'ait ses charges ; il faut une occupation ; j'aurais cent mille livres de rente, que je copierais de la musique ; je l'aime, c'est pour moi à-la-fois un travail et un plaisir : d'ailleurs, je ne me suis ni élevé au-dessus, ni abaissé au- dessous de l'état où la fortune m'a fait naître : je suis fils d'un ouvrier, et ouvrier moi-même : je fais ce que j'ai fait dès l'âge de quatorze ans.

Ce qui précède est un précis presque littéral d'une conversation que j'eus, un soir, avec lui sur sa fortune.

Il venait des hommes de tout état le visiter, et je fus témoin plus d'une fois de la manière sèche dont il en éconduisait quelques-uns. Je lui disais : Sans le savoir, ne vous serais-je pas importun comme ces gens-là ? – Quelle différence d'eux à vous ! Ces messieurs viennent par curiosité, pour dire qu'ils m'ont vu, pour connaître les détails de mon petit ménage, et pour s'en moquer. Ils y viennent, lui dis-je, à cause de votre célébrité. Il répéta avec humeur : Célébrité ! Célébrité ! Ce mot le fâchait : l'homme célèbre avait rendu l'homme sensible trop malheureux. Pour moi je ne le quittais point sans avoir soif de le revoir. Un jour que je lui rapportais un livre de botanique, je rencontrai dans l'escalier sa femme qui descendait. Elle me donna la clef de la chambre, en me disant : Vous y trouverez mon mari. J'ouvre sa porte ; il me reçoit sans rien dire, d'un air austère et sombre. Je lui parle ; il ne me repond que par monosyllabes, toujours en copiant sa musique ; il effaçait et ratissait à chaque instant son papier. J'ouvre, pour me distraire, un livre qui était sur sa table. Monsieur aime la lecture, me dit-il d'une voix troublée. Je me lève pour me retirer ; il se lève en même temps, et me reconduit jusque sur l'escalier, en me disant, comme je le priais de ne pas se déranger : c'est ainsi qu'on en doit user envers les personnes avec lesquelles on n'a pas une certaine familiarité. Je ne lui répondis rien, mais agité jusqu'au fond du cœur d'une amitié si orageuse, je me retirai, résolu de ne plus retourner chez lui.

DE SON CARACTÈRE.

Il y avait deux mois et demi que je ne l'avais vu, lorsque nous nous rencontrons une après-midi, au détour d'une rue. Il vint à moi, et me demanda pourquoi je ne venais plus le voir. Vous en savez la raison, lui répondis-je. Il y a des jours, me dit-il, où je veux être seul ; j'aime mon particulier. Je reviens si tranquille, si content de mes promenades solitaires ! là je n'ai manqué à personne, personne ne m'a manqué. Je serais fâché, ajouta-t-il d'un air attendri, de vous voir trop souvent; mais je serais encore plus fâché de ne vous pas voir du tout. Puis tout ému : Je redoute l'intimité ; j'ai fermé mon cœur ; mais j'ai un projet.... (faisant de ses mains comme s'il m'eût toisé) quand le moment sera venu... Que ne mettez-vous, lui répondis-je, un signal à votre fenêtre, quand vous voulez recevoir ma visite, comme vous vouliez en mettre un avec vos amis sur les bords du lac de Genève ? ou si vous l'aimez mieux, quand je vais vous voir et que vous voulez être seul, que ne m'en prévenez-vous ? L'humeur me surmonte, reprit-il, et ne vous en apercevez-vous pas bien ? Je la contiens quelque temps, je n'en suis plus le maître ; elle éclate malgré moi. J'ai mes défauts, mais quand on fait cas de l'amitié de quelqu'un, il faut prendre le bénéfice avec les charges. Il m'invita à dîner chez lui pour le lendemain.

On peut juger par ce trait, de la noble franchise de son caractère; mais avant d'en citer d'autres, je me permettrai quelques réflexions sur ce que j'entends par caractère.

Il me semble que le caractère est le résultat de nos qualités physiques et morales. Nos philosophes l'attribuent au climat, mais ils se trompent : car il en résulterait que tous les hommes, sous la même latitude, auraient le même caractère ; ce qui est contraire à l'expérience. Le Turc grave, silencieux, résigné, et le Grec étourdi, babillard, inquiet ; l'ancien Romain et l'Italien moderne ; enfin le capucin et le danseur d'Opéra, sont enveloppés de la même atmosphère, et vivent dans le même climat.

Pour trouver l'origine de nos caractères, il faut remonter à des lois moins mécaniques, et distinguer dans les hommes deux caractères, l'un donné par la nature, l'autre par la société.

Le caractère naturel est très-varié, comme nous le voyons par le tempérament de chaque homme. Être vif ou flegmatique, léger ou robuste, adroit ou fort, gai ou sérieux, brusque ou patient, sont des différences nécessaires au plan de la nature, qui destinait l'homme à remplir sur la terre une infinité d'emplois très-variés, et qui a varié de même les inclinations, les goûts, et j'ose dire les instincts de l'homme. Chacune de ces différences est bonne en elle-même. J'ai une si haute opinion de la sagesse des lois de la nature, que si chaque homme remplissait la place à laquelle elle l'a destiné par son caractère, il y serait le plus grand et le plus extraordinaire qui y eût paru.

On est forcé, pour trouver des preuves de l'excellence du caractère naturel de l'homme, de recourir aux peuples les plus voisins de la nature. Tous nos voyageurs n'en parlent qu'avec éloges ; je n'en citerai qu'un seul, mais dont le témoignage ne doit pas être suspect à ceux mêmes qui se plaisent à calomnier la nature humaine: c'était un homme chargé par le gouvernement d'observer les peuples de l'Amérique septentrionale.

« Ce qui surprend infiniment, dit-il, dans des hommes dont tout l'extérieur n'annonce rien que de barbare, c'est de les voir se traiter entre eux avec une douceur et des égards qu'on ne trouve point parmi le peuple, dans les nations les plus civilisées. On n'est pas moins charmé de cette gravité naturelle et sans faste, qui règne dans toutes leurs manières, dans toutes leurs actions, et jusque dans la plupart de leurs divertissements ; ni de cette honnêteté et de cette déférence qu'ils font paraître avec leurs égaux, ni de ce respect des jeunes gens pour les personnes âgées, ni enfin de ne les voir jamais se quereller entre eux avec ces paroles indécentes et ces jurements si communs parmi nous. »

Les qualités du cœur leur sont si naturelles, qu'ils ne les regardent pas même comme des vertus, telles que l'amitié, la compassion, la reconnaissance. Le soin qu'ils prennent des orphelins, des veuves, des infirmes ; l'hospitalité qu'ils exercent d'une manière si admirable, ne sont pour eux qu'une suite de la persuasion où ils sont que tout doit être commun entre tous les hommes.

« Chacun, dit-il en parlant de l'amitié, chacun parmi eux a un ami à-peu-près de son âge, auquel il s'attache et qui s'attache à lui par des liens indissolubles. Deux hommes ainsi unis pour leurs intérêts communs, doivent tout faire, et tout risquer pour s'entr'aider et se secourir mutuellement ; la mort même, à ce qu'ils croient, ne les sépare que pour un temps ; ils comptent bien se rejoindre dans l'autre monde pour ne se plus quitter, persuadés qu'ils y auront encore besoin l'un de l'autre ».

Qu'on ne s'imagine pas que ces qualités soient l'effet de l'éducation : les pères et les mères ont pour leurs enfants une tendresse qui va jusqu'à la faiblesse ; jamais ils ne les maltraitent dans leurs écarts, ils se contentent de dire : ils n'ont pas de raison. Quand ils les poussent à bout, ils leur jettent un peu d'eau au visage, et cette punition leur est si sensible, qu'un jour une jeune fille dit à sa mère, après l'avoir reçue : tu n'auras plus de fille ; puis elle s'étrangla de désespoir.

« D'où viennent donc ces admirables qualités de la nature, auxquelles ils laissent le temps de se développer ? Je ne me lasse point de transcrire. « Le soin que les mères prennent de leurs enfants tandis qu'ils sont encore au berceau, est au-dessus de toute expression, et fait voir bien sensiblement que nous gâtons souvent tout par les réflexions que nous ajoutons à ce que nous a inspiré la nature. Ces mères ne les quittent jamais, elles les portent partout avec elles, et lorsqu'elles semblent succomber sous le poids dont elles se chargent, le berceau de leur enfant n'est compté pour rien : on dirait même que ce surcroît de fardeau est un adoucissement qui rend le reste plus léger. »

Rien n'est plus propre que ces berceaux ; l'enfant y est commodément et mollement couché, mais il n'est bandé que jusqu'à la ceinture, de sorte que quand le berceau est droit, ces petites créatures ont la tête et la moitié du corps pendants. On s'imaginerait en Europe qu'un enfant qu'on laisserait en cet état, deviendrait tout contrefait; il arrive an contraire que cela leur rend le corps souple, car ils sont tous d'une taille et d'un port que les mieux faits parmi nous envieraient. Que pouvons-nous opposer à une expérience si générale ?

Le voyageur entre ensuite dans quelques détails sur l'éducation des enfants des sauvages. Au sortir du berceau, ils ne sont gênés en aucune manière, et dès qu'ils peuvent se rouler sur les pieds et sur les mains, on les laisse aller où ils veulent tout nus, dans l'eau, dans les bois, dans la boue, dans la neige ; ce qui leur fait un corps robuste, leur donne une grande souplesse dans les membres, les endurcit contre les injures de l'air... Les pères et les mères ne négligent rien pour inspirer à leurs enfants certains principes d'honneur, qu'ils conservent toute leur vie... Quand ils les instruisent sur cela, c'est toujours d'une manière indirecte ; la plus ordinaire est de leur raconter de belles actions de leurs ancêtres ou de ceux de leur nation. Ces jeunes gens prennent feu à ces récits, et ne soupirent plus qu'après les occasions d'imiter ce qu'on leur fait admirer. Quelquefois, pour les corriger de leurs défauts, on emploie les prières et les larmes; mais jamais les menaces...

Une mère qui voit sa fille se comporter mal, se met à pleurer; celle-ci lui en demande le sujet, et elle se contente de lui dire : « Tu me déshonores ». Il est rare que cette manière de reprendre ne soit pas efficace.

Ce témoignage est celui d'un homme d'esprit, d'un missionnaire, et qui plus est d'un jésuite, le P. Charlevoix. Seulement il a fait suivre ces réflexions de correctifs, qui paraissent l'ouvrage de la Société dont il était membre, plutôt que le témoignage d'un homme qui par-tout ailleurs regrette le bonheur de ces peuples simples et naturels, et qui avoue que plusieurs Français ont vécu comme eux, et s'en sont si bien trouvés qu'ils n'ont jamais pu gagner sur eux de revenir dans la colonie, quoiqu'ils pussent y être fort à leur aise. Il n'a même jamais été possible à un seul sauvage de se faire à notre manière de vivre. On en a pris au maillot ; on les a élevés avec beaucoup de soin ; on n'a rien omis pour leur ôter la connaissance de ce qui se passait chez leurs parents ; toutes ces précautions ont été inutiles, la force du sang l'a emporté sur l'éducation. Dès qu'ils se sont vus en liberté, ils ont mis leurs habits en pièces, et sont allés au travers des bois chercher leurs compatriotes, dont la vie leur a paru plus agréable que celle qu'ils avaient menée chez nous. Ils n'ont pas envie de jouir de ces faux biens que nous estimons tant, que nous achetons au prix des véritables, et que nous goûtons si peu... Avant de connaître nos vices, rien ne troublait leur bonheur. L'ivrognerie les a rendus intéressés, et a troublé la douceur qu'ils goûtaient dans le commerce de la vie domestique. Toutefois, comme ils ne sont frappés que de l'objet présent, les maux que leur a causés cette passion, n'ont point encore tourné en habitude. Ce sont des orages qui passent, et dont la bonté de leur caractère et le fonds de tranquillité dans lequel ils ont vécu, au sein de la nature, leur ôtent presque le souvenir quand le mal est fini. Mais quel est celui qui pourrait raconter leur courage dans les combats, leur constance dans les tourments, dans les maladies et aux approches de la mort ?

Que ceux qui douteront encore de la bonté du caractère naturel, le considèrent dans les enfants, et qu'ils se rappellent ce passage de la vie de Jésus-Christ, dans l'évangile de saint Marc, chap. X, v. 13. « Jésus leur dit : Laissez venir à moi les petits enfants, et ne les empêchez point; car le royaume de Dieu est pour ceux qui leur ressemblent ».

Voilà donc pour le caractère naturel. Si nous voulions classer le genre humain d'après les nuances que présente ce caractère, il me semble que les divisions suivant lesquelles nous le classerions, seraient la franchise, la sincérité, l'amitié, l'hospitalité, la bienfaisance, l'intrépidité, le patriotisme, la douceur, la constance et la bonté. Au contraire, si nous recueillons les diverses observations de ceux qui ont écrit sur nos mœurs, nous verrons que le caractère social divise les hommes en tartuffes, en médisants, en menteurs, en jaloux, en méchants, en flatteurs, en fanfarons, en indiscrets, en fripons, en orgueilleux, en trompeurs ou amis de la maison. Voilà, si l'on en croit nos philosophes et nos poëtes, l'histoire de l'espèce humaine parmi nous, sans compter une infinité d'autres caractères qu'ils n'ont pas osé tracer, parce que ces caractères inspirent trop de dégoût ou trop d'horreur, comme le voleur, la femme publique, le calomniateur, l'assassin et l'impie.

On m'objectera peut-être que nos tragédies offrent de grands caractères : oui ; mais tous les héros de la vertu ou de la tragédie sont étrangers ; tous ceux du vice ou de la comédie sont nationaux. Je ne parle pas des autres ridicules mis sur la scène parmi nous, comme les pères trompés, les domestiques fripons, les maris abusés, les médecins, les gens de robe, les poëtes, les tuteurs; enfin tous les liens de la nature et de la société brisés par le ridicule. Les diverses occupations de la vie sauvage n'en pourraient jamais être susceptibles; leur bonté intrinsèque en repousserait les traits : le chasseur, le pêcheur, le guerrier, s'ils pouvaient être placés sur nos théâtres, n'amuseraient jamais. Plus je considère les lois de la nature, plus je les admire. Elle nous destinait à remplir sur la terre une multitude d'occupations, à habiter une infinité de climats; en conséquence, elle a varié dans chacun de nous les instincts, les goûts particuliers et les caractères : mais ce ne sont que des modifications nécessaires à son plan, dont aucune ne mérite de préférence que d'une manière relative.

Quant au caractère social, la société qui nous le donne, commence dès notre naissance à rompre les premiers liens de la famille et de la patrie, en nous plaçant sur le sein d'une nourrice mercenaire ; ensuite elle nous livre à l'éducation publique, qui modifie et souvent altère le caractère naturel par son uniformité. En voyant dans nos colléges une multitude de jeunes gens, de qualités et de tempéraments si différents, destinés à des emplois si divers, recevoir les mêmes leçons du même régent, je crois voir des arbres à fruits de toute sorte d'espèces, taillés à la même hauteur, de la même manière et par les mêmes ciseaux. Cette éducation les déprave d'ailleurs par ses méthodes, en les occupant sept ans de suite de questions de grammaire, ou en leur apprenant à toujours parler, et à ne jamais agir ; à voir les beaux discours honorés, et les bonnes actions sans récompense. Elle remplit enfin l'esprit de la jeunesse de contradictions, en insinuant, suivant les auteurs qu'on explique, des maximes républicaines, ambitieuses et dénaturées. On rend les hommes chrétiens par le catéchisme païen, par les beaux vers de Virgile : Grecs ou Romains, par l'étude de Démosthène ou de Cicéron ; jamais Français. On les élève au-dessus de leur siècle par les traits d'héroïsme de l'antiquité, et on les met au-dessous des bêtes par des châtiments qui les avilissent.

L'effet de cette éducation si vaine, si contradictoire, si atroce, est de les rendre, pour toute leur vie, babillards, cruels, trompeurs, hypocrites, sans principes, intolérants : voilà, parmi nous, l'effet d'une bonne éducation.

Voyons ce que le monde y ajoute : ils n'ont tous remporté du collège que le désir de remplir la première place en entrant dans la société ; que la vanité qui se laisse conduire par l'amour des louanges, et la crainte du blâme. Les femmes et les livres les pénètrent de leurs opinions à la manière des régents, en les louant ou en se moquant d'eux. Enfin ils sont battus de tant de maximes qui se croisent et se contredisent, qu'ils voient que leurs études ne peuvent leur servir à rien pour parvenir ; et la plupart finissent par une ambition négative, qui cherche à abattre tout ce qui s'élève, pour se mettre à la place : c'est l'esprit du siècle. Ainsi tous les maux de la société sortent du collège, sous le nom spécieux d'émulation ; c'est elle qui fait naître les duels, les procès, les querelles, les calomnies. Pour moi, en considérant que le cœur humain n'a que deux ressorts, l'ambition et l'amour, je trouve qu'il serait plus raisonnable de leur apprendre à aimer, qu'à avoir de l'ambition : car cette passion pourrait avoir un but honnête et utile, tandis que l'autre ne peut rien trouver dans la société qui ne tourne à sa ruine. Quoi qu'il en soit, le caractère naturel ne peut jamais être tellement détruit par l'éducation, qu'on n'y revienne dans certains moments : c'est ce qui paraît dans la vie des grands hommes ; car les grands hommes se trouvent toujours parmi ceux que leur siècle n'a point entraînés, et qui ont conservé du naturel : aussi on en rencontre fréquemment dans les pays libres ; on les voit paraître aussi dans les guerres civiles, ou sous le gouvernement des rois qui encouragent tous les hommes, et qui détruisent, par leur génie, toute l'aristocratie des partis et des corps ; enfin on en voit dans tous les états où les hommes ont la liberté de leurs opinions et de leur conscience. Alors chacun suit les instincts variés que lui a donnés la nature ; chacun se met à sa place : alors paraissent les hommes héroïques. C'est ainsi que sous Henri IV, après les guerres de la Ligue, et sous Louis XVI, nous avons vu se former tant de grands hommes, comparables, les premiers, par leurs vertus, à ceux du siècle de Jules-César; les autres, par leurs talents, à ceux du siècle d'Auguste. Après les guerres civiles, comme après les mouvements de fièvre, le sang s'épure, et les corps reprennent leur vigueur.

Cette distinction du caractère naturel et du caractère social, m'a paru nécessaire pour bien faire comprendre une chose que disait Rousseau : Je suis d'un naturel hardi et d'un caractère timide. L'un, était le caractère donné par la nature ; l'autre, le caractère acquis ou social. Représentons-nous donc Rousseau, livré en naissant aux douces lois de la nature, élevé par un si bon père, par une tante si indulgente ; exalté par la lecture des vies des grands hommes de l'antiquité, des Scipion et des Lycurgue ; invité d'ailleurs, par le spectacle de mœurs simples, franches et pures, à être sincère, confiant et bon ; représentons-nous-le ensuite, jeté dans un monde corrompu, sans appui, sans fortune, sans crédit, sans intrigue. Quel contraste étrange dut se former entre les mœurs de cet homme simple, et celles de lasociété; entre sa franchise et l'astuce d'autrui, son inexpérience et l'expérience des autres, sa pureté et la corruption du monde ! Pour moi, je m'étonne que son caractère naturel ait pu résister à ce choc : cela me prouve combien la première éducation donne à l'ame une trempe forte et durable. Il dut résulter de ces différents contrastes, que le monde fut toujours pour lui un pays ennemi ; ce qui le rendit méfiant, timide et sauvage. D'un autre côté, son âme élevée à la vertu, et frappée par l'adversité, devint supérieure à la fortune, et produisit d'immortels ouvrages. Ainsi une terre préparée au printemps par le souffle du zéphyr, et déchirée par le soc de la charrue, reçoit dans son sein les glands que lui confie la main du laboureur, et produit des chênes qui bravent les tempêtes. Il sut tirer ce fruit de sa pauvre fortune, qu'un très-petit talent lui donna les moyens de revenir à la nature et de suivre son caractère naturel. En élevant une barrière entre lui et les hommes, il échappa aux partis, et devint maître de ses opinions. Heureux de n'être point obligé de se trahir par de fausses louanges du monde, il regarda toute sa vie la liberté comme la seule chose qui peut nourrir une bonne conscience : aussi il sacrifiait tout à cette noble indépendance qui a élevé et formé sa pensée. Mais ce que j'ai trouvé de plus admirable dans son caractère, c'est que jamais je ne l'entendis médire des hommes dont il avait le plus à se plaindre. Il me disait : Quand je me brouille avec quelqu'un, la première fois c'est de sa faute ou de la mienne, mais la seconde à coup sûr c'est de la mienne. Il était naturellement disposé à railler, et c'est un caractère commun à Socrate, à Phocion, à Caton : car la vertu a la conscience de sa supériorité sur le vice. Je lui dis un jour que Montesquieu appelait Voltaire le Pantalon de la philosophie. Non, dit-il, il en est l'Arlequin. Il aimait à répéter une raillerie de Fontenelle sur l'avarice d'un membre de l'académie. Un jour l'on faisait une quête pour un pauvre homme de lettres : on s'adressa deux fois à un académicien qui passait pour avare ; il dit au second tour : J'ai donné un louis : celui qui tenait la bourse, lui répondit : Je le crois, mais je ne l'ai pas vu ; Fontenelle repartit aussitôt : Pour moi, je l'ai vu, et je ne le crois pas.

On sait combien Voltaire l'avait maltraité, et cependant il ne parlait, jamais de lui qu'avec estime. Personne à son gré ne tournait mieux un compliment ; mais il ne le trouvait pathétique qu'en vers. Il disait de lui : Son premier mouvement est d'être bon ; c'est la reflexion qui le rend méchant. Il aimait d'ailleurs à parler de Voltaire, et à conter le trait de son père, qui assistait, en cachette, à la première représentation d'Œdipe, et qui, plein de joie, quoique janséniste, ne cessait de s'écrier : Ah le coquin ! Ah le coquin ! Rousseau me demanda un jour si je n'irais pas le voir, comme tous les gens de lettres. Non, lui dis-je, je serais trop embarrassé pour aborder un homme qui, comme un consul romain, a des peuples pour clients, et des rois pour flatteurs ; je ne suis rien, je ne sais pas même tourner un compliment. Oh ! me dit-il, vous n'avez pas une idée convenable de Voltaire; il n'aime point tant à être loué. Un jour, un avocat du Bugey l'étant venu voir, s'écria en entrant dans son cabinet : Je viens saluer la lumière du monde. Voltaire se mit à crier aussitôt : Madame Denis, apportez les mouchettes.

Un jour que nous parlions du tableau du Déluge du Poussin, il cherchait à fixer mon attention sur le serpent qui se dresse sur un rocher pour éviter les eaux dont la terre est toute pénétrée. Après l'avoir écouté, je lui dis : Il me semble voir dans ce sublime tableau un caractère bien plus frappant, c'est l'enfant que le père donne à sa femme sur un rocher; cet enfant s'aide de ses petites jambes. L'âme est saisie au milieu des crimes de la terre, des eaux débordées, des foudres lointaines, du spectacle de l'innocence soumise à la même loi que le crime, et de celui de l'amour maternel, plus puissant que l'amour de la vie. Il me dit : Oh ! oui, c'est l'enfant, il n'y a pas de doute, c'est l'enfant qui est l'objet principal.

Il se reprochait plusieurs choses, entre autres ce qu'il avait dit contre les médecins. De tous les savants, ce sont ceux, me disait-il, qui savent le plus et le mieux. Si on lui racontait quelque trait de sensibilité, il pleurait, il était méfiant, mais il n'avait que trop sujet de l'être. J'ai connu un homme qui se disait son ami, et qui s'amusait à faire sur lui une comédie du Méfiant. L'auteur de cette trahison me la confia lui-même ; je l'arrêtai en lui disant : Si vous faites paraître votre pièce, je me charge d'en faire la préface. Cet homme était Rulhière.

On a accusé Jean-Jacques d'être orgueilleux, parce qu'il refusait ces dîners où les gens du monde se plaisent à faire combattre les gens de lettres comme des gladiateurs ; il était fier, mais il l'était également avec tous les hommes, n'y trouvant de différence que la vertu. Il aimait les âmes fières : Eh bien ! lui dis-je un jour en riant, vous auriez donc aimé ce jésuite qui répondit à un seigneur espagnol qui voulait le forcer à lui céder le pas : C'est vous qui me devez du respect, à moi qui ai tous les jours votre Dieu dans les mains, et votre reine à mes pieds. Oh ! me dit-il, je connais un trait qui me semble plus fort ; c'est celui d'un ambassadeur nègre, reçu par un gouverneur de Portugal dans une salle où il n'y avait point d'autre fauteuil que celui où il était assis. Quand l'ambassadeur noir fut près de lui, le Portugais lui demanda sans se lever : Votre maître est-il bien puissant ? Le nègre fit aussitôt coucher par terre deux de ses esclaves, s'assit sur leur dos ; puis se recueillant un moment, il dit gravement au gouverneur : Mon maître a une infinité de serviteurs comme toi, cinquante comme le roi ton maître, et un comme moi. À ces mots il se leva, et sortit. Cependant ses esclaves restaient accroupis dans la salle d'audience : on fut lui dire de les rappeler, mais il répondit : Ma coutume n'est pas d'emporter les fauteuils des lieux où je m'assieds. Rousseau disait à ce sujet que la modestie était une fausse vertu, et que les hommes de mérite savaient bien s'estimer ce qu'ils valaient. Au reste il faisait peu de compte de ceux qui n'aimaient que sa célébrité. Ce n'est pas moi qu'ils aiment, disait-il, c'est l'opinion publique, sans se soucier de ma véritable valeur.

Un jour le préfet des jésuites lui demandait comment il était devenu si éloquent; il lui répondit : J'ai dit ce que je pensais. Il regardait la vérité comme le plus grand charme d'un écrivain ; il préférait les relations des missionnaires capucins à celles des jésuites. Il avait lu avec grand plaisir les PP. Marolle et Carly dans leurs missions d'Afrique, quoique remplies d'ignorance ; il me disait : Ces bons pères me persuadent, parce qu'ils parlent comme gens persuadés. Ce n'est pas d'ailleurs l'ignorance qui nuit aux hommes, c'est l'erreur; et presque toujours elle vient des ambitieux. Les auteurs modernes, disait-il, qui ont le plus d'esprit, font cependant peu d'effet, et inspirent peu d'intérêt dans leurs ouvrages, parce qu'ils veulent toujours se montrer. Quelle que soit la puissance de l'esprit, la vertu est si ravissante, que dès qu'on l'entrevoit au milieu même des inconséquences de la superstition et de l'ignorance, elle se fait aimer et préférer à tout. Voilà pourquoi Plutarque qui a le jugement si sûr, intéresse jusque dans ses superstitions ; car quand il s'agit de rendre les hommes meilleurs et plus patriotes, il adopte les opinions les plus absurdes ; sa vertu le rend crédule ; il se passe alors entre elle et son bon esprit des combats délicieux. Il rapporte, par exemple, que la statue de la Fortune, donnée par les dames romaines, a parlé ; puis il ajoute, comme pour se persuader lui-même : Elle a parlé non-seulement une fois, mais deux. Ailleurs il remarque que sa petite-fille voulait que sa nourrice présentât la mamelle à ses compagnes et à ses jouets ; ceci semble un trait bien puéril ; mais quand il ajoute : Elle le voulait pour faire participer de sa table ce qui servait à ses plaisirs, on voit que la bonté du cœur lui paraît supérieure à tout. Cette bonté était la base fondamentale du caractère naturel de Rousseau ; il préférait un trait de sensibilité à toutes les épigrammes de Martial. Son cœur que rien n'avait pu dépraver, opposait sa douceur à tout le fiel dont nos sociétés s'abreuvent aujourd'hui. Cependant il aimait mieux les caractères emportés que les apathiques. J'ai connu, me disait-il un jour, un homme si sujet à la colère, que lorsqu'il jouait aux échecs, s'il venait à perdre, il brisait les pièces entre ses dents. Le maître du café voyant qu'il cassait tous ses jeux, en fit faire de gros comme le poing. A cette vue, notre homme ressentit une grande joie, parce que, disait-il, il pourrait les mordre à belles dents. Du reste c'était le meilleur garçon du monde, capable de se jeter au feu pour rendre service.

Rousseau me citait encore un Dauphinois, calme, réservé, qui se promenait avec lui en le suivant toujours sans rien dire. Un jour il vit cueillir à Rousseau les graines d'une espèce de saule, agréables au goût ; comme il les tenait à la main, et qu'il en mangeait, une troisième personne survint, qui, tout effrayée, lui dit : Que mangez-vous donc là ! c'est du poison. Comment, dit Rousseau, du poison ! – Eh oui ! et monsieur que voilà peut vous le dire aussi bien que moi. Pourquoi donc ne m'en a-t-il pas averti ? Mais, reprit le silencieux Dauphinois, c'est que cela paraissait vous faire plaisir. Ce petit événement ne l'avait point corrigé de goûter les plantes qu'il cueillait. Je me souviens qu'au bois de Boulogne, il me montra la filipendule, dont les tubercules sont bonnes à manger; j'en trouvai une qui avait deux racines; je me mis à en goûter, et je lui dis : C'est fort bon, on en pourrait vivre. Au moins, me dit-il, donnez-m'en ma part, et le voilà aussitôt à genoux sur le gazon, et creusant avec son couteau pour en chercher d'autres.

Il était gai, confiant, ouvert, dès qu'il pouvait se livrer à son caractère naturel. Quand je le voyais sombre : À coup sûr, disais-je, il est dans son caractère social, ramenons-le à la nature. Je lui parlais alors de ses premières aventures. Un soir nous étions à la Muette, il était tard ; étourdiment, je lui proposai un chemin plus court à travers champs. Distrait autant que lui, je m'égarai ; le chemin nous ramena dans Passy, le long de ses longues rues, où quelques bourgeois prenaient alors le frais sur la porte. La nuit approchait ; je le vis changer de physionomie ; je lui dis : Voilà les Tuileries. – Oui, mais nous n'y sommes pas. Oh ! que ma femme va être inquiète, répéta-t-il plusieurs fois ! Il hâta le pas, fronça le sourcil; je lui parlais, il ne me répondait plus. Je lui dis : Encore vaut-il mieux être ici que dans les solitudes de l'Arménie ; il s'arrêta et dit : J'aimerais mieux être au milieu des flèches des Parthes, qu'exposé aux regards des hommes. Je remis alors la conversation sur Plutarque : il revint à lui comme sortant d'un rêve.

La méfiance qu'il avait des hommes, s'étendait quelquefois aux choses naturelles. Il croyait à une destinée qui le poursuivait. Il me disait : La Providence n'a soin que des espèces, et non des individus. Mais vous la croyez donc, lui dis-je, moins étendue que l'air qui environne les plus petits corps ? Cependant je n'ai connu personne plus convaincu que lui de l'existence de Dieu. Il me disait : Il n'est pas nécessaire d'étudier la nature pour s'en convaincre. Il y a un si bel ordre dans l'ordre physique, et tant de désordre dans l'ordre moral, qu'il faut de toute nécessité qu'il y ait un monde où l'âme soit satisfaite. Il ajoutait avec effusion : Nous avons ce sentiment au fond du cœur : je sens qu'il doit me revenir quelque chose.

Quatre ou cinq causes réunies contribuèrent à altérer son caractère, dont la moindre a suffi quelquefois pour rendre un homme méchant : les persécutions, les calomnies, la mauvaise fortune, les maladies, le travail excessif des lettres, travail qui trop souvent fatigue l'esprit et altère l'humeur. Aussi a-t-on reproché aux poëtes et aux peintres, des boutades et des caprices. Les travaux de l'esprit, en l'épuisant, mettent un homme dans la disposition d'un voyageur fatigué : Rousseau, lui-même, lorsqu'il composait ses ouvrages, était des semaines entières sans parler à sa femme. Mais toutes ces causes réunies ne l'ont jamais détourné de l'amour de la justice. Il portait ce sentiment dans tous ses goûts ; et je l'ai vu souvent, en herborisant dans la campagne, ne vouloir point cueillir une plante quand elle était seule de son espèce.

L'homme vertueux, me disait-il, est forcé de vivre seul ; d'ailleurs, la solitude est une affaire de goût. On a beau faire dans le monde, on est presque toujours mécontent de soi ou des autres. Comme il composait son bonheur d'une bonne conscience, de la santé et de la liberté, il craignait tout ce qui peut altérer ces biens, sans lesquels les riches eux-mêmes ne goûtent aucune félicité. Dans le temps que Gluck donna son Iphigénie, il me proposa d'aller à une répétition : j'acceptai. Soyez exact, me dit-il ; s'il pleut nous nous joindrons sous le portique des Tuileries à cinq heures et demie ; le premier venu attendra l'autre, mais l'heure sonnée, il n'attendra plus : je lui promis d'être exact ; mais le lendemain je reçus un billet ainsi conçu : Pour éviter, monsieur, la gène des rendez-vous, voici le billet d'entrée. À l'heure du spectacle, je m'acheminai tout seul; la première personne que je rencontrai, ce fut Jean- Jacques. Nous allâmes nous mettre dans un coin, du côté de la loge de la reine. La foule et le bruit augmentant, nous étouffions. L'envie me prit de le nommer, dans l'espérance que ceux qui l'environnaient le protégeraient contre la foule. Cependant je balançai long-temps, dans la crainte de faire une chose qui lui déplût. Enfin, m'adressant au groupe qui était devant moi, je me hasardai de prononcer le nom de Rousseau, en recommandant le secret. A peine cette parole fut-elle dite, qu'il se fit un grand silence. On le considérait respectueusement, et c'était à qui nous garantirait de la foule, sans que personne répétât le nom que j'avais prononcé. J'admirai ce trait de discrétion rare dans le caractère national ; et ce sentiment de vénération me prouva le pouvoir de la présence d'un grand homme.

En sortant du spectacle, il me proposa de venir le lundi des fêtes de Pâques au mont Valérien. Nous nous donnâmes rendez-vous dans un café aux Champs-Elysées. Le matin nous prîmes du chocolat. Le vent était à l'ouest. L'air était frais ; le soleil paraissait environné de grands nuages blancs, divisés par masses sur un ciel d'azur. Entrés dans le bois de Boulogne à huit heures, Jean-Jacques se mit à herboriser. Pendant qu'il faisait sa petite récolte, nous avancions toujours. Déjà nous avions traversé une partie du bois, lorsque nous aperçûmes dans ces solitudes deux jeunes filles, dont l'une tressait les cheveux de sa compagne. Frappés de ce tableau champêtre, nous nous arrêtâmes un instant. Ma femme, me dit Rousseau, m'a conté que dans son pays les bergères font ainsi mutuellement leur toilette en plein champ. Ce spectacle charmant nous rappela en même temps les beaux jours de la Grèce, et quelques beaux vers de Virgile. Il y a dans les vers de ce poëte un sentiment si vrai de la nature, qu'ils nous reviennent toujours à la mémoire au milieu de nos plus douces émotions.

Arrivés sur le bord de la rivière, nous passâmes le bac avec beaucoup de gens que la dévotion conduisait au mont Valérien. Nous gravîmes une pente très-roide ; et nous fûmes à peine à son sommet, que pressés par la faim, nous songeâmes à dîner. Rousseau me conduisit alors vers un ermitage où il savait qu'on nous donnerait l'hospitalité. Le religieux qui vint nous ouvrir, nous conduisit à la chapelle, où l'on récitait les litanies de la Providence, qui sont très-belles. Nous entrâmes justement au moment où l'on prononçait ces mots : Providence qui avez soin des empires ! Providence qui avez soin des voyageurs ! Ces paroles si simples et si touchantes nous remplirent d'émotion; et lorsque nous eûmes prié, Jean-Jacques me dit avec attendrissement : Maintenant j'éprouve ce qui est dit dans l'Évangile : Quand plusieurs d'entre vous seront rassemblés en mon nom, je me trouverai au milieu d'eux. Il y a ici un sentiment de paix et de bonheur qui pénètre l'âme. Je lui répondis : Si Fénelon vivait, vous seriez catholique. Il me repartit hors de lui et les larmes aux yeux : Oh ! si Fénelon vivait, je chercherais à être son laquais pour être son valet de chambre ! Cependant on nous introduisit au réfectoire ; nous nous assîmes pour assister à la lecture, à laquelle Rousseau fut très-attentif. Le sujet était l'injustice des plaintes de l'homme : Dieu l'a tiré du néant; il ne lui doit que le néant. Après cette lecture, Rousseau me dit d'une voix profondément émue : Ah, qu'on est heureux de croire ! Hélas ! lui répondis-je, cette paix n'est qu'une paix trompeuse et apparente; les mêmes passions qui tourmentent les hommes du monde, respirent ici ; on y ressent tous les maux de l'enfer du Dante, et ce qui les accroît encore, c'est qu'on ne laisse pas à la porte toute espérance.

Nous nous promenâmes quelque temps dans le cloître et dans les jardins. On y jouit d'une vue immense. Paris élevait au loin ses tours couvertes de lumière, et semblait couronner ce vaste paysage : ce spectacle contrastait avec de grands nuages plombés qui se succédaient à l'ouest, et semblaient remplir la vallée. Plus loin on apercevait la Seine, le bois de Boulogne et le château vénérable de Madrid, bâti par François Ier, père des lettres. Comme nous marchions en silence, en considérant ce spectacle, Rousseau me dit : Je reviendrai cet été méditer ici.

À quelque temps de là, je lui dis : Vous m'avez montré les paysages qui vous plaisent ; je veux vous en faire voir un de mon goût. Le jour pris, nous partîmes un matin au lever de l'aurore, et laissant à droite le parc de Saint-Fargeau, nous suivîmes les sentiers qui vont à l'orient, gardant toujours la hauteur, après quoi nous arrivâmes auprès d'une fontaine semblable à un monument grec, et sur laquelle on a gravé : Fontaine de Saint-Pierre. Vous m'avez amené ici, dit Rousseau en riant, parce que cette fontaine porte votre nom. C'est, lui dis-je, la fontaine des amours, et je lui fis voir les noms de Colin et de Colette. Après nous être reposés un moment, nous nous remîmes en route. A chaque pas, le paysage devenait plus agréable. Rousseau recueillait une multitude de fleurs, dont il me faisait admirer la beauté. J'avais une boîte, il me disait d'y mettre ses plantes, mais je n'en faisais rien ; et c'est ainsi que nous arrivâmes à Romainville. Il était l'heure de dîner ; nous entrâmes dans un cabaret, et l'on nous donna un petit cabinet dont la fenêtre était tournée sur la rue, comme celles de tous les cabarets des environs de Paris, parce que les habitants de ces campagnes ne connaissent rien de plus beau que de voir passer des carrosses, et que dans les plus riants paysages, ils ne voient que le lieu de leurs pénibles travaux. On nous servit une omelette au lard. Ah ! dit Rousseau, si j'avais su que nous eussions une omelette, je l'aurais faite moi-même, car je sais très-bien les faire. Pendant le repas, il fut d'une gaieté charmante ; mais peu-à-peu la conversation devint plus sérieuse, et nous nous mîmes à traiter des questions philosophiques à la manière des convives dont parle Plutarque dans ses propos de table.

Il me parla d'Émile, et voulut m'engager à le continuer d'après son plan. Je mourrais content, me disait-il, si je laissais cet ouvrage entre vos mains ; sur quoi je lui répondis : Jamais je ne pourrais me résoudre à faire Sophie infidèle ; je me suis toujours figuré qu'une Sophie ferait un jour mon bonheur. D'ailleurs, ne craignez-vous pas qu'en voyant Sophie coupable, on ne vous demande à quoi servent tant d'apprêts, tant de soins ?

est-ce donc là le fruit de l'éducation de la nature ? Ce sujet, me répondit-il, est utile; il ne suffit pas de préparer à la vertu, il faut se garantir du vice. Les femmes ont encore plus à se méfier des femmes que des hommes. Je crains, répondis-je, que les fautes de Sophie ne soient plus contraires aux mœurs, que l'exemple de sa vertu ne leur sera profitable : d'ailleurs, son repentir pourrait être plus touchant que son innocence ; et un pareil effet ne serait pas sans danger pour la morale. Comme j'achevais ces mots, le garçon de l'auberge entra, et dit tout haut : Messieurs, votre café est prêt. Oh ! le maladroit, m'écriai-je ! ne t'avais-je pas dit de m'avertir en secret quand l'eau serait bouillante? Eh quoi, reprit Jean-Jacques, nous avons du café ? En vérité, je ne suis plus étonné que vous n'ayez rien voulu mettre dans votre boîte ; le café y était. Le café fut apporté, et nous reprîmes notre conversation sur l'Émile. Rousseau me pressa de nouveau de traiter ce sujet : il voulait remettre en mes mains tout ce qu'il en avait fait ; mais je le suppliai de m'en dispenser : Je n'ai point votre style, lui disais-je, cet ouvrage serait de deux couleurs. J'aimerais mieux vos leçons de botanique. Eh bien ! dit-il, je vous les donnerai ; mais il faudra les mettre au net, car il ne m'est plus possible d'écrire. J'avais renoncé à la botanique, mais il me faut une occupation : je refais un herbier.

Nous revînmes par un chemin fort doux, en parlant de Plutarque. Rousseau l'appelait le grand peintre du malheur. Il me cita la fin d'Agis, celle d'Antoine, celle de Monime, femme de Mithridate, le triomphe de Paul Émile, et les malheurs des enfants de Persée. Tacite, me disait-il, éloigne des hommes, mais Plutarque en rapproche. En parlant ainsi, nous marchions à l'ombre de superbes maronniers en fleurs. Rousseau en abattit une grappe avec sa petite faux de botaniste, et me fit admirer cette fleur, qui est composée. Nous fîmes ensuite le projet d'aller dans la huitaine sur les hauteurs de Sèvres. Il y a, me dit-il, de beaux sapins et des bruyères toutes violettes : nous partirons de bon matin. J'aime ce qui me rappelle le nord : à cette occasion je lui racontai mes aventures en Russie, et mes amours malheureuses en Pologne. Il me serra la main, et me dit en me quittant : J'avais besoin de passer ce jour avec vous.